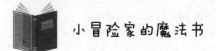
小冒险家的魔法书

神奇的耳环

［土耳其］法蒂赫·埃尔多安（Fatih Erdoğan） 著

李杨 译

机械工业出版社
CHINA MACHINE PRESS

小叶利夫是一个懂事的姑娘,她家里很穷,很小就帮妈妈干活。她有一个愿望,就是希望能像自己的布娃娃一样有一张属于自己的床。她得到了一颗有魔力的橡子,能把自己缩小成布娃娃大小。一天夜晚,一个小偷闯进她家,把变小的她偷走了。阴差阳错,她认识了小偷的女儿吉泽姆,也慢慢地了解了吉泽姆的爸爸做小偷的原因。

Sihirli Küpe © Fatih Erdoğan, 2009. Illustrated by Huban Korman. The simplified Chinese translation rights arranged through Rightol Media (本书中文简体版权经由锐拓传媒取得 Email: copyright@rightol.com)
This title is published in China by China Machine Press with license from Mavibulut. This edition is authorized for sale in China only, excluding Hong Kong SAR, Macao SAR and Taiwan. Unauthorized export of this edition is a violation of the Copyright Act. Violation of this Law is subject to Civil and Criminal Penalties.

本书由Mavibulut授权机械工业出版社在中华人民共和国境内(不包括香港、澳门特别行政区及台湾地区)出版与发行。未经许可之出口,视为违反著作权法,将受法律之制裁。

北京市版权局著作权合同登记　图字:01—2015—4048号。

图书在版编目(CIP)数据

神奇的耳环/(土)法蒂赫·埃尔多安著;李杨译. —北京:机械工业出版社,2017.7
(小冒险家的魔法书)
ISBN 978-7-111-59526-7

Ⅰ.①神… Ⅱ.①法… ②李… Ⅲ.①儿童小说—中篇小说—土耳其—现代 Ⅳ.①I374.84

中国版本图书馆CIP数据核字(2018)第059843号

机械工业出版社(北京市百万庄大街22号　邮政编码100037)
策划编辑:宋晓磊　责任编辑:宋晓磊
责任校对:陈　越　封面设计:鞠　杨
责任印制:孙　炜
保定市中画美凯印刷有限公司印刷
2018年5月第1版第1次印刷
169mm×239mm・9.75印张・53千字
标准书号:ISBN 978-7-111-59526-7
定价:35.00元

凡购本书,如有缺页、倒页、脱页,由本社发行部调换

电话服务	网络服务
服务咨询热线:010-88361066	机 工 官 网:www.cmpbook.com
读者购书热线:010-68326294	机 工 官 博:weibo.com/cmp1952
010-88379203	金　书　网:www.golden-book.com
封面无防伪标均为盗版	教育服务网:www.cmpedu.com

译者序

　　每个成年人想必在自己的童年时代都有过种种幻想，或幻想自己有一双翅膀可以自由自在地在天空中翱翔，或幻想自己有一双千里眼可以远眺天边，或幻想自己有一个小精灵可以和怪兽战斗。但是，随着年龄的增长，曾经的幻想也逐渐离我们而去。当我们回首童年往昔，想到彼时的异想天开，想到曾经的浮想联翩，除了会心一笑外，更多的是向往那时的童真，那时的天真无邪。同样，每个孩子心中都有一个梦，在梦里面，他也许是有着诸多超能力的英雄，也许是有机器猫那样的随时可以变出法宝的百宝箱。作为孩子的父母，我们要做的就是呵护孩子的这份幻想，把他们的想象引导到积极的方面上去，从而更好地扩展孩子们的想象力。而这个时候，一本有益的童书就能达到事半功倍的效果。

"小冒险家的魔法书"系列童书是由土耳其著名的童书作家法蒂赫·埃尔多安所著,全书共分为十册,分别为《神奇的滑板》《神奇的帽子》《神奇的图书》《神奇的雨伞》《神奇的地球仪》《神奇的耳环》《神奇的足球》《神奇的铅笔》《神奇的眼镜》和《神奇的汽车》。作者的高明之处就在于把身边常见的物品当作载体,把非凡的魔力赋予到这些普通的物品上,从而帮助主人公拥有不可思议的能力。这样,孩子们在阅读时,可以发挥合理的想象力,同时,作者在书中也特别强调孩子品德的培养,例如在《神奇的滑板》一书中,小主人公在获得能飞的滑板后,利用滑板解救同学,帮爸爸给奶奶送药,并没有为所欲为。所以,孩子们在阅读后,也能自觉地树立一个更好的、更积极向上的价值观。因此,这本书非常值得有孩子的家庭收藏,值得孩子们阅读。

译　者

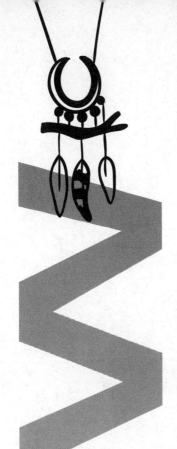

目 录

译者序

第 1 章　妈妈的眼泪／1

第 2 章　布娃娃／6

第 3 章　打耳洞／12

第 4 章　一张娃娃床／18

第 5 章　叶利夫的许愿／22

第 6 章　一只蓝色耳环／30

第 7 章　小偷／37

第 8 章　警察的调查／42

第 9 章　小偷的交易／51

第 10 章　警察的线索／56

第 11 章　送给女儿的礼物／62

第 12 章　逃跑／66

第 13 章　猫的威胁／70

第 14 章	吉泽姆 / 77
第 15 章	叶利夫的掩饰 / 84
第 16 章	困惑 / 92
第 17 章	两位妈妈 / 96
第 18 章	白血病 / 101
第 19 章	善良的一家 / 106
第 20 章	一个爱女儿的爸爸 / 110
第 21 章	再次报警 / 122
第 22 章	盗窃行动开始 / 127
第 23 章	警察的怀疑 / 131
第 24 章	饭店惊魂 / 138
第 25 章	获救 / 142
第 26 章	道谢 / 148

第 1 章
妈妈的眼泪

叶利夫从杂货店跑出来，手里拎着一个装满八块大面包的大袋子。天上下着毛毛细雨，过马路的时候，她站在人行道上，嘴里嘟囔着："天啊，沉死了！"

她是家里最小的孩子，妈妈总是支使她去杂货店里买东西。她的三个姐姐和两个哥哥周末总爱睡懒觉，即便他们偶尔早起一次，当妈妈让他们去杂货店买面包的时候，他们也还是会把这个差事甩给叶利夫，大喊着："叶利夫，赶紧去买面包！"他们似乎都会这么说。有时候叶利夫会问妈妈，为什么去买面包的那个人总是她。妈妈便说："宝贝儿，有什么办法啊？他们太懒了，你不去的话就只有我去了。"听到妈妈这么说，叶利夫只好闭上嘴，然后奔向杂货店。

其实，叶利夫对去杂货店跑腿儿这件事也没那么厌烦。她很喜欢嚼口香糖，尽管口香糖嚼一会儿

后就变得不那么甜了,而且越嚼越觉得像橡胶,但她还是很享受口香糖刚放进嘴里时的那种甜甜的感觉。

当她回到家的时候,总是会悄悄地嚼,以免被哥哥姐姐们发现。这是她和妈妈之间的一个秘密约定,她可以用买面包剩下来的钱买一块口香糖,妈妈以此作为她早起去杂货店的秘密奖励。而对于叶利夫的另一个奖励就是杂货店的老板马哈默特。马哈默特总会对她说:"欢迎你,我的小公主。"然后轻轻摸一下她的脸颊。当她没有足够的零钱来买口香糖的时候,老板总会送给她一块她最喜欢吃的口香糖。每次看到叶利夫的时候,这个高高大大的男人便会走出柜台,微笑着走到她跟前,弯下身子甜甜地对她说:"最近怎么样?"这个时候,叶利夫总会非常开心。叶利夫没有爸爸,也没有关于爸爸的丝毫记忆。因为爸爸在她一岁的时候就已经去

世了。

叶利夫回到家,一边把一大袋面包堆在桌子上,一边说着:"胳膊酸死了。"她妈妈总会轻轻地拍拍她的头,微笑着说:"亲爱的,你真棒,要是没有你,我可怎么办才好?看看你哥哥姐姐们多懒啊。"

叶利夫透过门缝看到哥哥姐姐们在房间两边的沙发上睡得正香,她刚才就是在屋里靠右边的床上睡着,挨着姐姐和妈妈。她喜欢晚上挨着姐姐和妈妈睡觉。但是她总是会被姐姐吵醒。姐姐们睡觉时总是从这边爬到那边。因为叶利夫和妈妈总是要早起忙碌,所以姐姐们就能在沙发上滚来滚去了。

"妈妈,我饿了。"叶利夫喊道。

妈妈提起简易炉子上冒着热气的茶壶。这个屋子既是她们的客厅,又是起居室。屋子中间有个桌子。妈妈拿着一个边上有缺口的小碗放在桌子上,

碗里放着一些干橄榄。她撕下一块叶利夫刚买回来的面包，在上面抹了点奶油，递给了叶利夫。

"你先吃吧，今天是周末，他们应该不会这么早起床的。"

叶利夫手里拿起一大块面包，准备咬一大口，却咬了个空。于是她换了一小块软一点儿的面包塞到嘴里。面包屑沾满了她的脸颊。妈妈看着她，轻轻地拍了拍她的头。随后妈妈走到窗前，想到和六个孩子挤在这间只有两个屋子的小房子里忍受着贫穷，她绝望地开始抽泣起来。

"妈妈，你怎么哭了？"

"亲爱的，妈妈没事。"

"妈妈，你确实哭了，怎么了？"

第 2 章
布娃娃

第 2 章 布娃娃

叶利夫从木柜抽屉里拿出她的布娃娃时发出了吱吱的响声，睡在地板上的大哥喊道："你不能安静一会儿吗？"

"出去，别在这儿待着！"二哥也冲她喊。

叶利夫赶紧拿着她的布娃娃走出了房间，把它放在了厨房的桌子上。然后她拿起了小炉子上盖在茶壶上的手巾。

她把热手巾盖在娃娃身上说道："现在暖和点了儿吧！"她把娃娃两边都给盖好，然后身子靠过去亲了亲布娃娃的脸，说道："宝贝，暖和了吧，好好睡吧！"

"她睡着了吗？"三姐泽伊纳普说道。三姐刚醒，正透过门看着叶利夫，然后笑着说："你的宝宝有可能像我一样饿了。"三姐走到桌边，捏捏叶利夫的脸，坐在了叶利夫右边的桌子旁。然后妈妈走了进来，手里拿着一个空的洗衣篮。

"起来啦？我马上回来，告诉你大姐一会儿来找我。"妈妈说道。

"好的，她马上起床，很快过去。"

"我可不能迟到，否则他们又得说我了。我今天得去洗窗帘。下午有个聚会。"

"生日聚会。"

泽伊纳普站起来倒了杯茶。然后朝屋内睡觉的哥哥姐姐们喊道。

"快起来，中午了！"

没有人理她。她又喊了好几声，然后传来了嘟嘟囔囔的声音。过了一会儿，二姐那吉尔和大姐艾米妮走了出来。

"你已经长这么大了，跟我和妈妈去打扫屋子吧。"大姐说。

"不去！"泽伊纳普说。

"你说这话是什么意思？你以为我们愿意打扫

第 2 章 布娃娃

屋子啊?收拾别人家的脏东西,擦窗户,还得洗水槽。"

"我将来要当老师!"

"你能当老师?你以为那么容易啊?"

"行了,不要这么小气,"妈妈说道,"不要总是为这些吵嘴,你们如果长大能有出息,我们的日子就会好过了。"

叶利夫的爸爸已经去世多年,他那少得可怜的抚恤金根本不能维持一家人的生计,所以叶利夫的妈妈做了一份清洁工的工作。叶利夫的一个哥哥在汽车修理厂工作,另一个哥哥在杂货店工作,三姐泽伊纳普还在上八年级。二姐那吉尔是一家航运公司的接待员。

"她们不会有什么出息的,她们都是女孩。"叶利夫傻笑着说。

"别说了,"妈妈喊道,"你的宝贝醒了,给她喝点牛奶吧!"

"就是,你赶紧去喂她吧,"泽伊纳普笑着说,"去喂她,我看看你怎么喂她!"

"你这坏家伙,"叶利夫喊道,"妈妈,你看她!"

"哈哈,宝贝,我是逗你的,过来!"泽伊纳普抱了抱她。叶利夫一脸不满的样子。泽伊纳普挠了挠叶利夫,然后笑着跑进了屋里,一头扎向了大沙发。

"这是哪儿来的声音啊?"躺在床上的哥哥安德尔说。他像泽伊纳普那样挠了挠叶利夫,叶利夫没忍住大笑起来。另一个哥哥塞利姆也起床了。他睡眼惺忪地走出来,走到院子里两棵树中间的衣服架旁。然后打开门,走进卫生间,随手关上了门。

第 3 章
打耳洞

第3章 打耳洞

"会很疼吗?"叶利夫问姐姐。

那吉尔抱着叶利夫的头微笑着说道:"有一点儿,像被蚊子叮了一下。"

"不要!我一点儿疼都不想忍受!"

那吉尔想起了她打耳洞的那天。疼吗?是的,很疼。她记得她和妈妈去了哈尼夫阿姨家。周围的邻居们只要想打耳洞,都会去她家。那吉尔那时候也很害怕。哈尼夫阿姨让她坐在自己的腿上,她和妈妈说话的时候,哈尼夫阿姨一直在揉着她的耳垂。哈尼夫阿姨揉了好长时间,把那吉尔的耳朵都揉麻了。突然,还没等那吉尔明白过来是怎么回事,就已经感到耳朵被叮了一下。然后哈尼夫阿姨拿着一根线穿过她刚打的耳洞,说道:"你明天就可以摘下来了。如果你现在不穿根线,耳洞就会消失。"

那吉尔回想着她打耳洞时的情景,对叶利夫说,"你已经长大了,被小小的蚊子叮一下,对于你这

个大女孩来说算什么呀,对不对?你在那些小孩子面前,已经算是大姐姐了。"

"不可能,我还没有长大!"叶利夫说道,"我是个小孩!"

当妈妈和艾米妮去干活的时候,那吉尔接受了那个计划已久的任务——在叶利夫长大之前,给她打耳洞。叶利夫羡慕妈妈和姐姐们的耳洞好久了。

当她们快到哈尼夫阿姨家的时候,叶利夫放慢了脚步。

"我怕疼。"她小声说道。

她一只手抱着娃娃,另一只手握着姐姐的手。

"你看,你的娃娃正看着你呢!"

"我不管,我怕疼。"叶利夫说。

"没问题,我会告诉哈尼夫阿姨,让她打耳洞的时候轻一点儿。"

哈尼夫阿姨一打开门,看到她们很惊喜。"天

啊,看看这些美丽的小女孩,真不敢相信,她们都长这么大了!叶利夫,你现在是大女孩了,你也长成大姐姐了。"

"是啊,她都长这么大了。"那吉尔说。

她们走进了这间很小又很昏暗的屋子,地上铺着各种颜色的地毯。墙上挂满了照片。那吉尔和叶利夫坐在地上的坐垫上。叶利夫紧紧地靠着姐姐,看起来一点儿都不开心。

哈尼夫阿姨就坐在她们对面,微笑着看着叶利夫。

"我的小女孩戴了耳环肯定很好看。"哈尼夫阿姨说道。

叶利夫抬起头,看着她问:"会疼吗?"

哈尼夫阿姨大笑起来。

"怎么可能会疼呢?我怎么会弄疼这么可爱的小姑娘呢?坐过来点儿。"

她伸出手抱起叶利夫,让她坐在自己的腿上。

"你头上这些卷儿,看着真好看!"

哈尼夫阿姨摸着叶利夫的头发,说道:"这么好看的耳朵,戴上好看的蓝色耳环,和你的棕色头发搭配起来美极了。"

叶利夫听到蓝色耳环,开心地笑了。

"蓝色的耳环吗?"

"对啊,戴一副蓝色的耳环,那吉尔,你见过吗?"哈尼夫阿姨说。

那吉尔说:"好,那就买一副蓝色的耳环。"

哈尼夫阿姨一边说笑着,一边揉着叶利夫的耳垂。

耳洞打好后,叶利夫就回家了,她的耳洞里穿着一根线。

"姐姐。"她说。

"怎么了?"

第 3 章 打耳洞

"你不觉得我的布娃娃也会喜欢戴耳环吗?"

"是,我也觉得她会喜欢。"

当她们穿过大门时,叶利夫说:"我们也给我的布娃娃打个耳洞吧。"

那吉尔笑着说:"好啊,这主意不错。"

"一点儿都不疼,况且疼又怎么样呢?反正她又不是真的娃娃,是吧?"那吉尔一边说,一边坏笑着。

第 4 章
一张娃娃床

第 4 章 一张娃娃床

叶利夫的妈妈在挂完最后一个窗帘后,从凳子上跳了下来。她们辛勤地劳动着,终于在客人来参加生日派对前打扫好了屋子。这一天剩下的工作就简单多了。她们只等着去迎接客人,端蛋糕、甜点和果汁了。只要在孩子们走后洗洗盘子和杯子,保证壶里的茶总是最新泡好的就可以了。她们另外还要注意着孩子们在院子里玩耍的时候有没有吵闹。叶利夫的妈妈和姐姐对这种任务已经很得心应手了。艾伊藤夫人一点儿都不难伺候。毕竟在打扫完地毯、窗帘,擦完水槽和地板后,剩下的就是一些轻松的活儿了。

不一会儿,整个房子就变成了幼儿乐园。艾伊藤夫人的双胞胎女儿和儿子迎来他们的小伙伴后开始上蹿下跳。他们一拿到小伙伴们送的礼物就迫不及待地都拆开了。他们的妈妈一直在告诉他们应该先谢谢小伙伴,可是他们拆开以后,只要看到不喜

欢的礼物,脸上就露出嫌弃的表情。

这些礼物里面有一个玩偶床,他们都不喜欢这个礼物,说:"我们已经有一套了。"艾伊藤夫人尴尬地笑着,其他妈妈们说:"没事,小孩子嘛。"过了一会儿,她们聊起了孩子们有时候是多么小气。

不知不觉天黑了,客人们纷纷道别离去。整个屋子就像个动物园。艾米妮和妈妈用剩下的一点儿力气打扫了派对现场。她们洗了盘子,打扫了卫生间,收拾了到处都是的礼物盒子和彩带。当她们全部收拾完的时候,艾伊藤夫人多付了她们点钱。她们很感激,正当要离开的时候,艾伊藤夫人拿着那个玩偶床说:"苏娜,把这个给叶利夫玩吧。"

叶利夫的妈妈停下来看着艾伊藤夫人说:"不用了,留着让孩子玩吧。"

"他们以前收到过很多玩偶床,太多了,拿着吧,叶利夫肯定会喜欢的。"

第 4 章 一张娃娃床

"我知道她会喜欢,可是……"妈妈一边说着,一边拿到手里,心里想着叶利夫一定会喜欢的。

"那就太谢谢您了!"

"我应该谢谢你才是。替我向小叶利夫问好。"艾伊藤夫人说。

第 5 章
叶利夫的许愿

叶利夫收到礼物后开心极了,她在厨房里跑来跑去,最后走进卧室,坐在哥哥的腿上,她的姐姐也很开心。叶利夫把她的布娃娃放进了玩偶床,目不转睛地看着布娃娃,掀起盖在布娃娃身上的被子看一眼,再盖上,掀起来看一眼,再盖上。

"我真替我的娃娃高兴。"叶利夫说,"她平常睡在我的床上,都被压扁了,现在她终于有自己的床了。"

过了一会儿,除了叶利夫,一家人都开始坐在厨房的电视机前看着他们最喜欢的电视节目。叶利夫一个人在屋里看着她的布娃娃,在和布娃娃说了会儿话以后,叶利夫进入了梦乡。

在梦里面,她睡在了一个和足球场一样大的床上,她的布娃娃睡在另一边。"你向我这边靠一点儿吧,你那边都没地方了。"叶利夫对布娃娃说。

"我才不过去呢,我过去以后,你睡着的时候

就把我压扁了。"刚说完,叶利夫就惊喜地发现布娃娃滚到了她身边,而且她的布娃娃变得好大,叶利夫即使想压也压不扁。但叶利夫变得非常小。看着布娃娃离她越来越近,叶利夫往旁边挪了挪,生怕布娃娃压着她。叶利夫越躲,巨大的布娃娃就越靠近她。叶利夫想喊一声"你压着我了"的时候,一下子醒了。她呼呼地喘着气,推了推靠着她睡觉的姐姐艾米妮,然后站起来,穿过妈妈和姐姐,走到床尾。大家都熟睡着。她看看布娃娃,布娃娃正安心地在床上睡着。叶利夫轻轻推了一下睡在地板上的哥哥塞利姆。

"怎么了?"他问了一声。当意识到是叶利夫的时候,他站了起来。

"你要尿尿吗?"

他俩一块儿去了院子里,叶利夫晚上不敢一个人去上厕所。所以当她想上厕所的时候,她就会叫

第 5 章 叶利夫的许愿

醒哥哥们陪她一起去。他们也习惯了站在厕所外面和叶利夫说话。

叶利夫回到屋里，躺在妈妈和姐姐中间，然后抱了一下妈妈。妈妈知道是她以后，抱着叶利夫亲了亲后又睡着了。叶利夫一直醒着没睡。她摸着耳洞里面的线，一点儿都不疼。但是当她摸耳垂的时候，感觉稍微有点儿疼。

早上，塞利姆、安德尔和那吉尔早早地就去上班了。叶利夫起床后去看了看她的娃娃。"好孩子，晚上没有踢被子。"说完后又去了厨房。妈妈正在择青菜豆。桌子上放着几块面包和几杯茶。小炉子上的茶壶正呼呼地冒着热气。

"亲爱的，你能出去买些面包吗？"妈妈问道。

叶利夫走到妈妈身边，靠着妈妈，没有说话。

"你的布娃娃可能想嚼口香糖了哦，你觉得呢？"

叶利夫直起身,说:"对啊,她肯定想吃了。我这就去买面包!"

她穿上鞋跑出院子。这时,厕所里传来了一阵声音。泽伊纳普和艾米妮正在里面洗澡。叶利夫走出了院子,朝着商店走去。她在想马哈默特会不会注意到她打了耳洞。但是又不想让他看见她耳洞里穿了根线。她真希望等到她戴了耳环的那天再去见他,而不是今天。她碰了碰耳朵上的线,拨弄了一下头发把耳洞遮住。蓝色的耳环,是的,哈尼夫阿姨说过蓝色的耳环和我棕色的头发搭配起来会很好看。

叶利夫绞尽脑汁也没能想象出她戴蓝色耳环的样子,但是却想到了她的布娃娃戴蓝色耳环的样子。当她走到杂货店的时候,她看到门还是和往常一样紧闭着。店主马哈默特不是去烤面包,就是去买报纸了。因为他没有帮手帮他看店。有时候他就会先

第 5 章 叶利夫的许愿

把店关一会儿。叶利夫说:"天啊,我还得在这儿等他!"

她坐在台阶上,想象着自己戴上蓝色耳环的样子。过了一会儿,她有点儿等得不耐烦了,心想:"我还是去面包房找他吧。"她站起来,走到街上,面包房就在公园的后边。

叶利夫走进公园去抄近路,走在路上,寒风刺骨。她一边想着她的布娃娃,一边走到了公园中间路口交叉处的大橡树下。"她真是太幸运了,竟然有了自己的床,而我还挤在妈妈和姐姐中间。要是我们能换一下就好了。"

她想着想着笑了起来。"我也睡不进去啊。"她自言自语道,"我要是能和布娃娃那样小,就能睡在她的床里面了。"在这片寂静的公园里,叶利夫的声音显得特别大。她认为别人一定不会听到她讲话。可是她怎么也不会想到她的话确实被听到了。

当她路过大橡树的时候,橡树听到了她说的话。橡树的树干动了一下,枝叶随风上下摇动着。忽然,一颗橡子从高高的树枝上掉了下来,刚好掉到了叶利夫长有棕色头发的脑袋上。

叶利夫吓了一跳,她摸了摸头,然后看了一眼掉在地上的橡子。她抬头看了看,感到很奇怪,为什么就刚好掉在了她的脑袋上。她弯下腰,摸了摸橡子光滑的外壳。她在树底下来回走了一会儿,把这颗橡子扔了出去。

有时候,我们做的事,说的话,走的路,会马上改变我们的人生。

如果店主马哈默特早一会儿回店里,或者他根本就没有离开他的店,叶利夫可能早就买到面包了,她也早就走回家,而不必再去面包房了。如果她去面包房的时候不抄近路走公园里面,而是绕着公园走,她也不会走到橡树底下。即便她走到橡树下,

如果她不说那些话,橡子也不会砸到她的头上。即便橡子掉了下来,如果叶利夫没有捡起来,事情也都会不一样了。

叶利夫在面包房里拿了六大块面包,面包新鲜出炉,还热乎乎的。面包师笑着问:"你能拿得了吗?"叶利夫答道:"能。"

叶利夫又走到公园里。面包袋子从左手换到右手。当她走到公园中间那棵橡树下时,她一眼看到了刚才她在手里把玩过的那颗橡子。她停下来,弯腰捡起了橡子。她看了一眼,然后又把橡子收起来。这次她没有把它扔在地上,而是装在了她的口袋里。

第6章
一只蓝色耳环

第 6 章 一只蓝色耳环

那吉尔看了看叶利夫耳洞里的线，说："我们现在可以把它取下来了。但是我们先得买耳环，买了以后才可以把线取下来。"

"我现在如果想取下来，可以吗？"叶利夫问

"可以啊，来，我们取下来吧，一会儿可以再穿进去。"

那吉尔取下了叶利夫耳洞里的线。

"一点儿都不疼。"

"以后也不会疼了，我们再把它穿进去吧。"

她们又把那根线穿了进去，叶利夫欢喜极了。

"我能自己试试吗？"

"好啊，试吧。"

叶利夫把手放到耳朵上，用她细细的手指把线取了下来。

那吉尔说道："既然这么容易，那你自己再把线穿进去吧。"

"我一定能。"

她一只手揪着自己的耳洞,另一只手拿着线摸索着耳洞的位置,把线穿了进去。

"你看,我穿进去了吧!"

"太棒了,孩子!"

叶利夫高兴极了,她把线拽出来再穿进去,来回弄了好几遍。她太开心了,以后终于可以和姐姐们一样戴耳环了。

"蓝色耳环,是吧?"

那吉尔说:"对啊,我们会给你买一副蓝色耳环,等我这周拿到工资后就给你买。"

"一边一个吗?"艾米妮问。

"我不知道,既然我们打了两个耳洞……"

艾米妮说:"哎呀,戴一个吧,现在很流行的!"

叶利夫说:"我想要戴两个,两个。"

"好,那我就给你买两个。"那吉尔说。

第 6 章 一只蓝色耳环

安德尔和塞利姆依旧加班到很晚,那吉尔去朋友家睡觉了。妈妈和艾米妮去邻居家串门还没回来。

叶利夫和泽伊纳普待在家里。泽伊纳普正坐在电视机前写作业。叶利夫在卧室和布娃娃玩了一会儿。然后,泽伊纳普让她去厨房待着,这样可以省一点电。她来到厨房,玩着布娃娃,把布娃娃的床放在地毯上。过了一会,泽伊纳普觉察到叶利夫一直静悄悄的,于是站起来看了一眼。

"可爱的妹妹,终于睡着了。"她自言自语道。叶利夫在地毯上睡着了。泽伊纳普慢慢把她抱起来,放到床上,给她盖好被子,然后继续去写作业。

过了一会儿,泽伊纳普也开始困了。她关掉电视和电灯,走进卧室躺在床上,一会儿就睡着了。她甚至忘了锁门。突然,叶利夫醒了,当她翻身子的时候,突然觉着腿有点儿疼。她把手伸进口袋,摸到了那颗橡子。她从床上站了起来,泽伊纳普正

酣睡着。我的布娃娃呢？哪儿去了？她不清楚自己是什么时候到床上的。叶利夫走出卧室，进了厨房。借着路灯透进来的微光，她环顾四周，看到布娃娃正躺在地上。她想走过去把布娃娃捡起来，却一眼看到了布娃娃的床。床上竟然闪着蓝色的光！她赶忙弯腰，仔细一看，简直不敢相信自己的眼睛——床上竟然是一只耳环，她心心念念的耳环，蓝色的耳环！她拿起耳环，捧在手里，在窗外路灯的照射下，耳环闪着耀眼的光，十分漂亮。她接着又看了一眼布娃娃的床，确实只有一只耳环。很显然，一定是她的姐姐那吉尔，或者艾米妮，又或者是妈妈买给她的。不管是谁，反正她已经拥有了一只蓝色的耳环。艾米妮也说过，戴一只耳环现在很流行。那肯定是艾米妮买给她的。叶利夫拽出了右边耳洞里的线，然后一直重复着她已经非常熟悉的步骤，就像她的姐姐那样。当她把耳环的钩穿过耳洞时，

第6章 一只蓝色耳环

心里又很害怕会不会弄疼自己。"镜子,我要把电灯打开,看看镜子里的自己。"

还没来得及看镜子,在她刚把耳环戴好的那一刹那,她突然感到有点儿恶心,就像掉进了一个裂谷里面。当她掉落的时候,她看到厨房的地毯在她面前快速地上升。她忍不住大喊了一声。

叶利夫睁开眼睛,她的头晕乎乎的,胃里面翻江倒海。她看了看自己,不相信她看到的是真实的。所以她不停地眨着眼睛,幻想着真实的世界会出现在她眼前。她的眼睛眨了一遍又一遍,都无济于事。当然,她眼前的景象肯定是个虚幻的世界。她感到头晕目眩,然后晕倒在地。过了一会,她醒了过来,看到了她的布娃娃变得巨大,正躺在她旁边的地上。

漂亮的印有花形图案的被子让叶利夫都忍不住想躺进去了。她稍微抬了抬头,然后看到一个塔形的木质东西在她左边缓缓升了起来。她看到一共有

三个这种东西,它们最后变成了一张桌子。她从来没有做过这么真实的梦。她不敢再想她的梦。因为无论什么时候,只要她一开始想,就会马上从她的美梦中醒过来。这次,她一点儿都没敢想,因为她想一直梦下去。她走到床边,拿起了被子,然后躺了下来。她把头枕在软软的枕头上,闭上了眼睛。

第 7 章
小偷

"不像是一个有钱的人家。"一个男人走进院子里时说,"和我家比差远了。"除了山底下那个小房子外,整个院子一点儿灯光都没有。他一点都不害怕,因为山脚下那个房子,他已经观察好几个星期了。房子里面住着一个老妇人。实际上,他确实进过那个房子,但是他脚刚迈进去就又出来了。那个屋子里根本没有什么东西值得偷。而且,里面有上百只猫。他连脚都挪不开,甚至也无法从他进来的那个窗户再出去。"她家甚至连个电视机都没有。"他自言自语道,"不然,至少我还能拿走电视机。"他想起来可能叶利夫家会有什么值钱的东西吧。除了电视机,可能还有别的东西可以偷,例如女士的金手镯。她家有那么多孩子,东西肯定被藏在某个地方。她有两个儿子,过几年他们肯定会结婚。他想叶利夫的妈妈会不会在枕头下或者垫子下藏一些现金以备不时之需。他还知道这个女人根

本没有丈夫，因为他已经观察她好几天了。

没有男主人可以算是对一个小偷的额外福利。然而这也会有其他困难。不算小孩子，总是有其他大人在屋子里。当几个人都不在家的时候，他又没时间了。虽然他没有事先计划，但是这天晚上，他却注意到这家一个大人都没有。这下，他兴奋极了。

"今天真是个好机会，只有最小的两个小孩在家。"他说。

他坐到厨房窗户外边的树下观察了好几个小时。他看着泽伊纳普看电视，看着她弯腰把妹妹抱进卧室。他也看到泽伊纳普接着回到厨房，关掉灯，然后躺到床上。他又等了一会儿。然后，他一刻都不想等了。因为妈妈、姐姐，或者哥哥随时都有可能回来。

他钻进院子，蹑手蹑脚地走到门口，掏出一根金属链子，链子上拴着一块钥匙形状的金属，然后

弯下腰找钥匙孔。他靠着门，把其中一块金属插进去。其实他根本不需要这么做，因为门一下子就开了，像是开门迎接他似的。他惊喜极了，门一下子就开了，像是有一股魔力，一下子把他拽了进去。这种事他最在行了，人们总是这样大意。他进了屋里。外面路灯的光照进屋里，就像白天一样亮。他走到电视机前。那么小的电视机，根本不值几个钱，不过总比没有好。他透过卧室门往里看，看到了正在睡觉的泽伊纳普，她的脑袋捂在枕头下面。然后他看了一眼沙发，翻了翻靠门的地毯，找了找有没有那种放瓷器的橱柜，因为里面肯定会藏着什么值钱的东西。

  他看到了沙发边的木柜子，心想里面可能会有一些东西或者沙发底下可能会有一个行李箱，但是泽伊纳普在那儿，他不能钻进去拿，否则会把泽伊纳普弄醒的，弄醒了就麻烦了。

他又走回厨房,看了一眼放盘子的架子,翻了翻盘子,看看下面会不会藏着什么东西。他看了一眼电视柜下面,什么都没有。然后他看到了布娃娃的玩具床。想到女儿肯定会喜欢这个礼物,他开心极了。他弯腰拿起了娃娃床,放到了电视柜上面。他拔掉电视机的电源,卷起了电线,把叶利夫睡在上面的那个玩具床,还有电视机抱起来,走出房间,消失在漆漆黑夜之中。

第 8 章

警察的调查

安德尔比塞利姆回家稍晚了些。

"大家都去哪儿了?"安德尔看了一眼卧室,除了泽伊纳普,其他人都不在。

塞利姆答道:"有可能去邻居家了吧。"

"我听她们早上说要去邻居家的,看,叶利夫的布娃娃还在呢。"

马上,他们就注意到电视机不见了,因为他们每次一回到家就会把电视机打开。

"电视机哪儿去了?"

"怎么了?"安德尔从卧室里探出头来说。

"不知道啊,不见了。"

他们互相对视着,根本没意识到发生了什么。他们两个都没说话。因为他们想着等其他人回来以后问问就知道了,所以暂时就不管了。正在这时,去邻居家串门的人回来了。

"你们把电视机怎么着了?"妈妈问。安德尔

和塞利姆就觉得更加奇怪了。艾米妮进来又问:"天啊,电视机怎么没了?"他们赶紧去问了问那个正在睡觉,什么都不知道的泽伊纳普。

"什么电视机啊?"泽伊纳普睡眼惺忪地说。

"电视机不见了。"

"那叶利夫去哪儿了?"

当妈妈发现叶利夫没有在泽伊纳普旁边睡觉后,关于电视机的讨论顿时停止了。他们把所有的被子、褥子都翻遍了,然后一遍遍喊着叶利夫的名字。他们又去厕所找了找,里里外外所有的地方都找遍了。塞利姆走出院子看了看周围。他们又去了刚才去的那个邻居家,问问叶利夫会不会是去邻居家找他们了。可是叶利夫根本没在那儿。然后他们又回到家里找,把家里的被子翻了一遍又一遍,还是一无所获。电视机不见了,叶利夫也不见了。

"叶利夫带着电视机走了吗?"有人问。

"也许是有人来过,把叶利夫和电视机都带走了。"妈妈害怕地说,说完一下子就晕了过去。

"快拿些水来。"艾米妮喊着。塞利姆拿过来一瓶古龙水,大家一起动手,把妈妈抬到了沙发上。他们把古龙水在妈妈的脸上洒了一点。过了一会儿,妈妈终于醒了。虚弱的妈妈喊了一声"叶利夫"以后又晕了过去。不一会儿,邻居们都过来了,大家七嘴八舌地议论着。

叶利夫妈妈真的很后悔,为什么她去邻居家的时候没有带着叶利夫,而是让她在家里待着。她尽力和邻居们说明情况,以减少她的负罪感。"真的,有泽伊纳普在家陪着她,不然我怎么可能把她一个人留在家。你们也知道,我就去了一下泽菲业夫人家,她家就在那儿,特别近,那边有人咳嗽一下我家都能听到"。

泽伊纳普很难过,也很困惑。她不知道该说什

么。她怎么能睡这么熟,别人破门而入,她竟然丝毫没有察觉,还带走了电视机和她的妹妹。那吉尔和她的朋友也回来了。

一会儿,两个警察走了进来,他们询问了聚在屋子里的人,有没有看到一些可疑的人。大家都说没有看到,然后警察让大家都离开了。接着他们把整个房子和周围都检查了一遍,又问了这一家人很多问题,尤其是泽伊纳普,问了他们有没有什么仇人,还有谁是这家的主人。

"我是这家的主人。"妈妈说。

警察接着问:"你叫什么名字?你没有丈夫吗?"

"我叫苏娜,我没有丈夫,他去世了。"

"请节哀。"

"谢谢你,他早就去世了,已经很久了。"

"最近有没有见过周围有什么可疑的人?"另

一个警察说。

"没看见。"

"家里丢什么东西了吗?"

"电视机不见了,不确定还有没有别的东西被偷了,但是应该没有了,这儿也没什么可偷的。我的女儿是最重要的。"

"好的,但是最好告诉我们什么东西丢了,这样能提供给我们一些线索。"

塞利姆着急地说着:"你们准备怎么找叶利夫啊?会通知其他地方的警察们一起找吗?我们的时间不多了。"

警察转过身去对塞利姆说:"不用你这个小屁孩告诉我们该怎么做。"

塞利姆解释说:"我没别的意思,就是担心叶利夫会出什么事。"

"你们两个,跟我出去一下。"

塞利姆有点儿害怕,"谁,我们俩吗?"

"是的,你们两个。"警察指着塞利姆和安德尔说。

他们走出屋子,警察朝大门走去,塞利姆和安德尔跟着他。

"告诉我,你们有什么仇人吗?"

第 8 章 警察的调查

"仇人?"

"是的,你们和什么人有过节吗?比如说某个女孩,或者别的什么人?"

塞利姆和安德尔交换了一下眼色。

然后异口同声地说:"没有,没有这种事。"

"你们确定?"

"确定,非常确定。"

"这种事情是很有可能发生的。"警察说,"因为如果只是简单的偷盗,只偷电视机才正常,偷小孩就不正常了。我们最近查到有一些帮派在这一带寻衅滋事,我们盯他们好长时间了,政府也开始悬赏能提供线索的人,你家小女孩可能就是被他们带走的。所以,我们得找一些其他线索,你们明白吗?"

他俩点了点头。

"你们家也不富裕,就不用谈论什么赎金的问题了,那么只可能是这种情况了,有可能是有人找

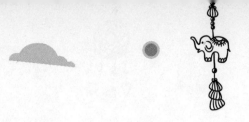

你们算账，报复你们，你们肯定和什么人有过节。"

"不，警官，没有这样的事。"

"你俩明天早上到警察局做个笔录，今晚我们会留一个人在这里保护你们。好了，先去睡觉吧。"

第 9 章
小偷的交易

叶利夫感觉有些晃晃悠悠的,她睁开了眼睛,非常想知道她现在在哪儿。她首先注意到自己现在在床上。只有妈妈或者姐姐把她从一边抱到另一边,或者把她挤在中间的时候她才会醒过来。但是现在,周围没有人,她只是一个人躺在那儿。她的头枕在枕头上,身下的床特别大,身上盖着大小合适的被子,被子上有花形的图案。叶利夫眨了眨眼睛,又感到有一点摇晃。过了一会儿,她感觉到脸上吹过一股微风。她把被子撩起来,黑暗中,什么东西都看不清。但是她透过帘子的缝隙朝上看,看到了几颗闪闪发光的星星,她根本没有发觉自己现在是在另一个地方。她甚至都没想要弄清现在是什么情况,因为她觉得现在还在做梦。她想要从梦里赶紧醒来,可是这次的梦有点儿长,都有点不习惯了。她试着坐起来,但是失败了。

她没办法坐直,因为床是斜的。她刚要起身,

第 9 章 小偷的交易

就又倒下了。这时,她感觉到肩膀一下子很疼,疼得她流下了眼泪。这是个什么样的梦啊?她怎么不记得梦里面自己肩膀疼呢?实际上,当感觉到肩膀疼的时候,她已经完全清醒过来了。她知道自己现在已经醒了,并不是在梦里,而且躺在布娃娃的床上面。

当她意识到这一点后,尽力地回想发生了什么。她挪了挪身子,让自己躺得更舒服一点儿,并把被子往上拽了拽,盖到了脸上。她能听到附近有人正呼呼地喘着气。但是无论她怎么努力地回想,都没想明白这究竟是怎么回事。

过了一会儿,她又感受到一阵摇晃,然后床停了下来。当她听到有人在咳嗽的时候,吓得都不敢大声喘气了。这是一个男人咳嗽的声音,过了一会儿,咳嗽声渐渐小了,然后她听到有人在小声嘟囔着。她坐起来,仔细地听着。当她听到一阵脚步声

越来越近的时候,赶紧又躺了下来,盖好被子。这些人来回走了几步,然后停下来,一个人说:"我把这个带给我的女儿,你把电视机拿走。"

"可以。"

她一动不动地躺着。

然后,有人把床举了起来。

"没有别的东西可以拿吗?"

"没有,那个时候也看不太清,而且屋里面有人。"

"你以后可以再去看看,但是最近几个月还是不要去那儿了。"

"那个屋子里总是有很多人,今天机会难得,里面只有两个孩子。"

"好吧,我们以后还是别去了,再见。"

"再见。"

她听到了车的发动机声,然后听到了车开走的

声音。过了一会儿，周围又变得静悄悄的。

周围黑漆漆的，什么都看不见。叶利夫躺在床上，闭着眼睛，假装什么都没听见。不管她在哪儿，她现在只想确保周围没有人，以便能逃出去。她躺了一会儿，心想得等周围静下来，才能睁开眼睛，站起来。当她睁开眼睛的时候，刚好看见一个高高大大的男人。

第 9 章 小偷的交易

第 10 章
警察的线索

在警察局,他们一直重复地被问着同样的问题:他们有没有什么仇家?他们有没有欠什么人的钱?有没有感情上的纠葛?有没有女朋友?他们是不是经常打叶利夫?叶利夫最近有没有说过什么奇奇怪怪的话?她有没有提到过什么不认识的,或者没听说过的名字?有没有人偷偷地藏在他们家附近?有没有来过家里,或者有没有什么水暖工或者维修工来家里打听过什么事?

泽伊纳普有没有听到什么动静?她怎么可能什么都没听到呢?她晚上总是睡得那么熟吗?泽伊纳普曾经和谁出去闲逛了?房间里还丢了什么别的东西吗?

"是的,还有别的东西。"叶利夫的妈妈回答了最后一个问题。

"什么?"警察激动地说。

"刚开始,我们以为只是丢了电视机,但是还有一样东西。"叶利夫的妈妈说。

"是值钱的东西吗？"

"对，很值钱，我女儿很珍视的东西，娃娃床。"

"娃娃？"

"是的，娃娃。"

"什么娃娃？你从来没有提到过它。"

"就是一个布娃娃。"叶利夫的妈妈说。

"叶利夫的布娃娃。"

"一个布娃娃？"

"是的，一个小布娃娃，叶利夫的布娃娃。艾伊藤夫人前两天送给叶利夫一个娃娃床。"

"一个布娃娃的床？"

"是的，我女儿非常喜欢的东西。"

"喜欢这个布娃娃的床？"

"是的，这个小床，布娃娃会睡在里面。"

"还有吗？"

第10章 警察的线索

"小床丢了。"

"丢了？"

"是的，小床和电视机一起不见了。"

"可能你的女儿拿着小床走了呢。"

"警官，我只是想告诉您小床也丢了，我女儿如果摆弄那个小床，她也会把布娃娃放进小床里的。"

"那又怎么样？是你说小床丢了。"

"是的，但是很奇怪，如果她要拿走小床的话，她会连布娃娃也一起带走的，很显然，布娃娃还在，并没有丢。"

紧接着是一阵沉默。

"我知道了。"警察说，"还有一个艾伊藤，一个布娃娃，谁是艾伊藤？也是个布娃娃吗？"

"不是，警官，艾伊藤是一位夫人，她雇我打扫她的家，她是一位很好的人,就是她送给叶利夫的。"

"给叶利夫什么?"

"布娃娃的床。"

"好吧,我们现在再整理一下线索。"

他说话的时候,两只手合在一起,像是在祷告。然后他看向另一个警察。"第一,有一个名叫艾伊藤的夫人,她找人打扫了她的家;第二就是这个小布娃娃,她有一个小床,艾伊藤把小床给了你家女儿。我说得对吗?"

"嗯,差不多……"

"但是现在,这个属于布娃娃的小床不见了,是吧?"

"对,它不见了。"

"家里都找遍了吗?"

"是的,但找不到了,因为叶利夫是不会把小床和布娃娃分开的,布娃娃是在厨房地上发现的,可是小床却不见了。"

"我知道了,她现在睡在哪儿?"

"谁睡在哪儿?"

"这个娃娃。"

"她没有睡在哪儿,这是一个小布娃娃,现在在屋子里的某个地方,我不知道在哪儿。我上次看到它的时候,是在床上。"

"哪个床?你不是说床不见了吗?"

"我的床,或者我女儿们的床上。我的意思是那个小布娃娃的床,那个艾伊藤夫人送给叶利夫的礼物,现在不见了。"

"怎么都变了?"

"什么?"

"整个都变了。"警察说。他说这话的时候,感觉自己像一个很聪明的人一样。他盯着墙上的某个地方,好像发现了一些别人没有注意到的线索。然后他又小声嘟囔了一句:"都变了。"

第 11 章

送给女儿的礼物

第11章 送给女儿的礼物

叶利夫看到对面这个男人,赶紧闭上了眼睛,一动不动。

"多好的布娃娃啊,我女儿一定会喜欢的!"他说。

当叶利夫听到这句话时,她就知道自己被当成一个布娃娃了。她也知道自己必须得装作一个布娃娃。这个男人把她从小床里抱起来,一脸欢喜地看着叶利夫。"简直和真的一样。"他自言自语道,"她竟然还会自己眨眼睛。"

他说着,上下晃着叶利夫,想着她肯定和那些布娃娃一样,横躺着的时候闭着眼睛,竖起来以后就会睁开眼睛。叶利夫决定也和那些娃娃一样。这样对她也是有好处的,因为这样她就可以看看她现在到底在哪儿。当这个男人把她抱起来时,叶利夫睁开了眼睛。这个男人开心极了,然后赶紧又让她躺下,叶利夫又闭上了眼睛。当把她又抱起来时,

她再一次睁开了眼睛,来回试了好几次。这个男人一直这样摆弄着,检查布娃娃眼睛的设置有没有失灵。过了一会儿,这个男人把叶利夫又放进了小床里,给她盖好被子,然后拿起小床开始往外走。过了一会儿,他停在了一处房子前,踏过门前的三个台阶,敲了敲门。一个女人过来开了门。

"睡着了吗?"男人问道。

"已经睡了。"女人说。

"看我给她带什么回来了。"男人一边说,一边拿起小床,指了指小床里的叶利夫。

女人拿起小床,近距离看了看。

"哇,这个布娃娃好像真的啊。"

"是的,就像是真的,她还眨眼睛呢,你拿起来看看。"

这个女人把叶利夫从小床里抱了出来,叶利夫赶紧睁开了眼睛。看起来这家的家境比叶利夫家还要差。唯一的区别就是地板上趴着一只很大的猫。

"她的眼睛怎么闭不上了?"

这时候叶利夫才意识到,她已经躺下来了,可是她还睁着眼睛,她赶紧闭上了眼睛。这个女人又把她抱起来,她又睁开了眼睛,就这样来来回回又试了好几遍。最后,女人把她放回了小床,然后拿着小床走进了一个半开着门的屋子,把小床放在了一个睡着的小女孩的床旁边。

"她明天早上醒来一定会很高兴的!"女人说。

第 12 章
逃跑

第12章 逃跑

叶利夫察觉到这一家子都已经睡着了,因为周围已经好一会儿没有声音了。她从小床里走出来,站到床头柜上。床上睡着个女孩。当叶利夫看到这个巨大的身形躺在床上时,她绞尽脑汁地想着到底发生了什么事。看起来这个女孩年纪比自己稍微小一点儿。对于这个年纪的女孩来说,她的身高很正常。不正常的不是床上这个小女孩,而是自己!自己就像是童话故事《大拇指汤姆》里面的拇指姑娘。她怎么变得这么小!

她必须从床头柜下去,然后离开这里,回到自己的家。她现在应该是在家里,而不是在这里。她也没有别的选择,只能逃离这里,回到自己的家。妈妈肯定担心极了。哥哥姐姐们肯定也很担心,肯定在到处找她。谁知道她现在在哪儿?可是如果离开这儿,怎么才能回家呢?她一点儿都不清楚自己在哪儿,但她知道这里离家不远。这个男人才走了

一会儿就把电视机给了另一个人,所以她很确定这里离她的家不远。她如果能从这里逃出去,肯定能找到自己的家。

她走到床头柜边上,看着下面。虽然很高,但是她完全可以拽着床单慢慢滑下去。她先跳上床,然后拽着床单滑了下去。当她快要滑到地面的时候,床单也到头了,她只好咬着牙放手,跳到了地面。她站起来,开始跑。她需要借着屋里微弱的灯光,踏过一个门槛。她刚走到他们睡觉的那个屋子门口,就听到了那个男人打鼾的声音。她停下了脚步,想看看这一家人是否真的睡熟了。屋子里太黑了,她使劲地眨了眨眼睛,然后开始往外走。因为她现在光着脚,所以走路的时候没有发出一点声音。

然而,当她又走了一步的时候,踩到了一个东西。一个弹珠开始在地上滚,它一直滚,滚到了屋子的另一边,撞到了猫吃饭的碗。叶利夫赶紧跨过

第12章 逃跑

门槛，又跑回到了刚才那个屋子，因为她看到猫的两只眼睛在黑暗里像两个火球似的，把她给吓坏了。她赶紧关上了门，顺着原路回到了自己的床上。女人听到有声音，急忙起来查看。她走到了女儿的房间，纳闷门怎么关上了。她记得她走的时候故意把门半开着。她打开门，往里面看了一眼，然后走进去，给女儿盖了盖被子。然后她把叶利夫从小床里抱起来，叶利夫立刻睁开了眼睛，看着她。这个女人开心地笑了笑，然后又把她放回床上，叶利夫闭上了眼睛。

第 13 章

猫的威胁

第13章 猫的威胁

叶利夫感觉到一阵摇晃,还听到了一阵叫喊声,然后醒了过来。

"她怎么没有睁开眼睛!呜呜呜呜……"

"你如果好好抱着她,她会睁开的,亲爱的。"

叶利夫意识到发生了什么,赶紧睁开了眼睛。小女孩开心地笑了:"她睁开眼睛了!"

她把叶利夫放了下来,叶利夫闭上了眼睛。然后小女孩又把她抱起来,叶利夫又睁开了眼睛。小女孩发现如果好好抱着布娃娃,布娃娃就会睁眼睛和闭眼睛,她很开心。经过一阵翻来覆去之后,叶利夫的胃开始受不了了,她早已经饿了,而且现在还想去尿尿。尿尿这种事,和饥饿一样,是没办法控制的。她好想说:"即使布娃娃也是需要上厕所的。"她也没理由跟这家人要点儿吃的来填肚子。有谁见过一个布娃娃说:"请给我一个带果酱的面包。真好吃,我还能再来一块吗?这次我要加樱桃

的面包。"她现在唯一能做的而且不会引起怀疑的事就是当她躺着的时候闭上眼睛,被抱起来的时候再睁开,她现在能做的也就只有这些了。

小女孩又来回试验了好多遍,然后就不觉得那么新鲜了。她抱着叶利夫,走到餐桌旁开始吃早饭。她把叶利夫放在桌子上,腾出手去够桌上的面包,她的妈妈还在面包上抹了芝士。叶利夫就躺在靠近芝士盘子的地方。放面包的篮子在桌子的另一边。小女孩一边吃面包,一边看着叶利夫。叶利夫正眯着眼,她看到了一只猫,这只猫的碗旁边有一个弹珠,昨天晚上就是这个弹珠吓到了叶利夫。当弹珠在地上滚动的时候,小女孩激动地说:"这是我的弹珠。"然后蹲下来捡起了弹珠。她很开心找到了弹珠,她还以为弹珠已经丢了呢。

这个时候,叶利夫赶紧爬到靠近面包的另一边,拿起了一大块塞到了嘴里,快速地嚼着,然后又拿

第13章 猫的威胁

了一块塞到了嘴里。在小女孩坐回坐到桌子旁之前，她一定要能吃多少就赶紧吃多少。她本来是没有这个机会的，但她太幸运了。当小女孩走回桌子旁的时候，弹珠又掉到了地上，然后她不得不弯腰去捡，顺手把一个抹了芝士的面包放在了叶利夫旁边。叶利夫赶紧伸手拿起面包咬了一大口，软软的。当小女孩坐回桌子旁的时候，叶利夫早就吃完了，开心地躺在那儿，还闭着眼睛。过了一会儿，小女孩吃完饭，抱着叶利夫去院子里玩。太好了！她把猫锁在了屋子里面。如果猫跟着她们的话，叶利夫就完蛋了，那只猫肯定会像耍一只老鼠那样玩弄叶利夫，这种情况现在暂时是不会发生了。可是，最后该发生的还是发生了。小女孩抱着叶利夫走到了后院，玩了一会儿以后，说："好，现在你该睡觉了。你的床哪儿去了？"她看了看周围，想起床在屋子里。"我现在去屋子里拿床。"说着跑进了屋子里，把

叶利夫一个人留在了那里。

可是，当她妈妈开门的时候，猫突然跑了出来，它先在屋子前面转了一圈，然后凭着它敏锐的嗅觉，走到了后院。叶利夫正眯着眼睛观察周围有没有人。当她知道只有自己一个人的时候，便睁开眼睛看了看周围，然后站了起来。她躲到不远处一个大石头后面小便了一下，然后又回去躺在了原来的位置，眯着眼观察着周围。她看到了那只伸着舌头的猫正朝她走来，害怕极了。那只猫一边往叶利夫这边走，心里一边想着这个和老鼠一般大小的东西，肯定比老鼠好吃多了。

"闪开！"这个时候小女孩拿着小床走了过来，赶走了猫，叶利夫长舒了一口气。可是猫并没有放弃它到手的美味。它转变了策略，躲在远处等待一个合适的时机冲出来。只有一步之遥，只要踏出一步，就可以吃到美味的早餐。小女孩抱起叶利夫，

第 13 章 猫的威胁

把她放进了小床里。

猫正在慢慢靠近。

小女孩摇着小床,叶利夫的胃又有点受不了了。后来,小女孩终于不再摇床。那只猫就在小女孩身后。稍不留神,那只猫就会向它的猎物冲过来。小女孩不再摇床,是因为她看到了叶利夫身上的某个东西。

"哇,多么漂亮的耳环啊!"

猫现在离叶利夫越来越近了。小女孩的手伸到叶利夫的耳朵边。那只猫很开心,因为马上就能吃到美味的食物了。它蜷着身子,像一只豹子一样往前跳着。

"蓝色的耳环,真好看!"

小女孩摸到了叶利夫的耳环。

猫离得更近了。

小女孩摘下了耳环。

那只猫像箭一样冲了过来。当它刚要跳到叶利夫身边时却摔在了地上,号叫着逃走了。叶利夫的耳环被摘下之后,突然变回了她原来的身高。

第 14 章
吉泽姆

小女孩睁大了眼睛盯着叶利夫,她不知道发生了什么事,还在那边找她的布娃娃。她根本没有意识到叶利夫和她的布娃娃长得有多像。

"我的布娃娃呢?是你拿走了吗?"

"不是,肯定是猫叼走了你的布娃娃。"叶利夫说。

"真的吗?"

"对啊,就在刚才。"

叶利夫悄悄地从地上捡起了刚才被小女孩摘下来的耳环,耳环刚才在猫扑过来的时候掉到了地上。叶利夫赶紧把耳环装进了自己的口袋。

"我和你一起找吧。你叫什么名字啊?"叶利夫问。

"吉泽姆。"小女孩一边说着,一边走到了前院。

如叶利夫所愿,吉泽姆跑过去朝她妈妈喊:"妈妈,猫把我的布娃娃抢走了!"

第14章 吉泽姆

妈妈在屋子里说:"猫抢走了你的布娃娃?"说着便匆忙跑了出来。当她看到叶利夫时,感到很奇怪,为什么这个女孩长得这么像那个布娃娃呢?头发、眼睛和衣服都非常像。

"你是谁啊?"吉泽姆的妈妈好奇地问道。

"我叫叶利夫。我刚好路过,然后看到有只猫扑向吉泽姆,抢走了她的布娃娃。"

"真的吗?"

"是的,妈妈,就是那只猫。"

叶利夫接着又说,"我住在那条街。出来散步,我从来没来过这边,所以就想过来看看。"

"欢迎你来!"吉泽姆的妈妈说。她想着自己的女儿也没什么朋友,如果能有一个附近的朋友,也是一件开心的事情。她邀请叶利夫进到屋里,说:"如果你愿意的话,以后可以来找吉泽姆一起玩。那只猫肯定会回来的,那个布娃娃在哪儿呢?肯定

是被猫丢在了某个地方,我一会儿去找找看。"

叶利夫口渴极了,她走进屋里,问能不能喝点水。喝了两大杯水以后,她们一起去了吉泽姆的房间玩。

叶利夫很熟悉这个房间,根本没有什么能玩的东西。吉泽姆也有一个和她的布娃娃差不多的娃娃,现在正躺在墙角边撅着嘴。

叶利夫走过去,把她的小床递给了吉泽姆,然后她们把布娃娃放了进去。

"你的布娃娃叫什么名字啊?"

"小艾莎,我爸爸起的名字。"小女孩说。

"你爸爸是做什么的啊?"

"我爸爸是一位出租车司机,他晚上上班,有时候白天也会出去,不一定。"

"这都要看乘客多不多。"吉泽姆的妈妈走到门前,补充说。叶利夫想起了他们家被偷走的电视

第 14 章 吉泽姆

机。很明显,这个男人虽然是个小偷,但却说自己是一个司机。

她们一起玩了一会儿。叶利夫整理好了艾莎的衣服,然后告诉吉泽姆:"艾莎肯定很孤单。你看她多伤心啊,还是让她在小床里睡觉吧。这是你的布娃娃,你要好好对她。"

"可是这个布娃娃不会睁眼睛闭眼睛。"吉泽姆说。

"没关系啊,我的布娃娃也不会,可是我还是很喜欢她啊。"

叶利夫虽然很不舍,但还是把她的小床留了下来,因为她心里觉得应该把小床留给这个小女孩。

"我得走了。"叶利夫对吉泽姆和她妈妈说。

"别走啊,再玩一会儿。"吉泽姆说着。

"以后再来玩啊!"妈妈说道。

"不,不要让她走!"吉泽姆很伤心。妈妈

说:"让她走吧,她以后还会再来找你玩的。她要是不回去的话,她妈妈该担心了。"

"让她的妈妈别担心。让她一直和我们待在这儿吧!"

叶利夫说了再见,走出院子沿着街走。她知道这一片地方,虽然以前没有来过,可是她知道吉泽姆的家就是公园后边的那一排老房子中的一家。走了一会儿,叶利夫就走回了家,然后敲了敲门。

第 15 章
叶利夫的掩饰

第15章 叶利夫的掩饰

"出去散步？这是怎么回事？"

负责调查叶利夫失踪的那个警官很生气。"我们这边费尽力气给你们找，你现在告诉我说你的女儿只是出去散步了吗？"

"是的，她现在回来了，没有受一点儿伤，她还交了个好朋友，昨天她去朋友家把小床作为礼物送给了她的朋友。一整晚都待在那儿。她也没想到我们会很担心。她不过是个孩子。"

"那电视机呢？"

"她不知道电视机哪儿去了，可能不是一回事。我是说电视机和叶利夫可能没关系。刚好在昨天晚上，小偷进了我家，偷走了电视机。就是这样。"

警察一点儿都不相信。"你们所有人明天都去一趟警察局，在我重写报告之前，这个案子就不算结束。"警察生气地说。

"好的，警官，我们明天肯定会去的。对我们

来说,我女儿远比电视机值钱多了。她现在已经回来了,我们太开心了,明天我们一定会去的!"

他们都很清楚心里有多爱叶利夫。可是,直到昨天他们想到可能以后再也见不到叶利夫时,他们才意识到叶利夫在他们心中无法替代的地位。所以,在看到叶利夫安然无恙地回来后,他们都没顾上去问叶利夫到底发生了什么事。好像如果他们问过叶利夫以后,现在开心的时刻就不复存在了。但是,他们怎么也想不通连院子的里厕所都不敢独自去的叶利夫,怎么会一个人在半夜的时候出去散步。最后,泽伊纳普再也忍不住了,问道:"你是什么时候起床的?是我从厨房把你抱到床上的。"

虽然只有泽伊纳普问了这个问题,但当叶利夫看向他们的时候,她清楚地知道其他人也迫切地想知道到底是怎么回事。其实,最困惑的应该是叶利夫自己。她应该把她经历的所有事情都告诉她的妈

第15章 叶利夫的掩饰

妈、哥哥和姐姐们吗？况且他们还正沉浸在叶利夫回家的欢喜中。她应该告诉他们当她戴上那只蓝色耳环以后，是怎么变成一个像拇指娃娃一样的小娃娃，又是怎么睡在了布娃娃的小床里吗？应该告诉他们那个小偷是怎么偷走了她正在上面睡觉的小床，送给他的女儿吉泽姆的吗？还是告诉他们伤心难过的吉泽姆和她妈妈都不知道那个男人是小偷？又或者告诉他们当她摘掉耳环以后，她又变回了原来大小？叶利夫真想把所有真相都告诉他们，但是她却不能这么做。她注意到了空空的电视柜，吉泽姆还不知道她爸爸是小偷，偷了她们家的电视机。如果叶利夫把这些都说出来，警察一定会去逮捕吉泽姆的爸爸，把他关到监狱。到时候吉泽姆和她妈妈就知道是怎么回事了。不，她不想对吉泽姆和她那热心的妈妈做这样的事。

"喂，你听到我说什么了吗？"泽伊纳普笑着

推了推叶利夫。

"怎么了?"叶利夫说。

"天那么黑,你怎么敢一个人走出去散步呢?不害怕吗?"

叶利夫根本不知道她该说什么,可是她也清楚自己必须说点什么。

"我睡不着,然后去邻居家找妈妈。"

"亲爱的,难道你是因为担心我们吗?"妈妈问道。

"对,有点儿担心。"叶利夫答道。

"我就在朱丽叶阿姨家,亲爱的,有什么担心的呢?"

"我就是担心。"叶利夫一边说着,一边想着她还能说点什么别的。

"然后呢?"

她沉默了一会儿。

第15章 叶利夫的掩饰

"我渴了!"

"你渴了?"

"是的,我渴了。"

"你在去朱丽叶阿姨家的路上口渴了是吗?"

"不是!我说我现在口渴了!"

艾米妮把水壶拿过来,倒了一杯水。

"给你!"

叶利夫把杯子端到嘴边,慢慢地喝着。大家都在等叶利夫把这杯水喝完。她一直叼着杯子,杯子里都有了雾气。泽伊纳普有点生气地从叶利夫那里拿走了杯子。

"然后呢?"

"然后,我看见一个小女孩。"

"一个女孩?"

"是的,一个小女孩,她迷路了,正在那里哭。我把她送回了家,晚上也一直待在那儿。就是这样。"

听到这些,他们都松了一口气,身子往后靠了靠。尽管不是那么有条理,可是起码他们知道是怎么回事了。至少他们现在没有想到别的问题。这次他们准备问些详细一点的问题。

"她是什么样的女孩?叫什么名字啊?"

"吉泽姆。一个小女孩,比我小,她很孤单,她只有爸爸妈妈,没有朋友。对了,她有一个布娃娃,叫艾莎。"

"她妈妈叫什么名字?她家在哪儿?"

"我不知道她妈妈叫什么,也不知道她爸爸叫什么。她家就在这条街上,在公园后边,家里有一只猫,很大的猫,像个怪物。"

事实上,叶利夫在变回原来大小后见了那只猫,根本不是很大。但是她总是忘不了当她变得那么小的时候,第一次看到那只猫的情景,太可怕了。

"好了,该睡觉了,只要我的孩子们睡个好觉,

明天就没事了。"

当叶利夫从椅子上站起来的时候,她走向了那吉尔,问道:"你给我买蓝色耳环了吗?"

"没有啊。我不是告诉过你吗,我这个周末发了工资就给你买,我保证。"

"好吧!"

"说定了。"那吉尔说。

叶利夫把手伸到口袋里,看看蓝色耳环还在不在,却只摸到了那天在公园橡树上掉下来砸到自己头上的橡子。她把它拿了出来,放在床垫上。耳环在另一个口袋里。她想等大家都睡了以后再把耳环戴上。

第 16 章

困惑

第16章 困惑

　　大风把树木的残枝吹得到处都是，随后又开始扫荡那些破旧的木瓦房顶，这时候的风比刚才大多了。房顶悬挂着的弯曲的水槽发出呼呼的声音。然后风又在那些半开着的破旧的窗户之间穿梭。

　　叶利夫一边听着外面呼呼的风声，一边观察着里屋的人的呼吸声。在确保每个人都睡着以后，她悄悄地跨过姐姐和妈妈，走到床边，又踮着脚走到了厨房，然坐在了离她最近的椅子上。她坐在那儿等了一会儿，除了家人打呼的声音，唯一能听到的就是风吹着门和窗户的声音。她松开了紧握的拳头，紧紧握着蓝色耳环的手都被压出了一个印。她一只手拿起耳环放到耳朵边，另一只手摸着耳垂，找着耳洞的位置。她忽然停了下来，因为她想起了上次戴上耳环以后发生的事情。她只记得她刚戴上耳环就摔倒在了地上。她从椅子上站起来，坐到了地上。然后把耳环穿过了耳洞。她眨了眨眼睛，发现她还

在地上。她一点儿都没有像上次那样头晕，也没有快要坠落的感觉。

"你在这儿干什么？"

她吓了一跳，是她的哥哥安德尔站在门口，她赶紧站了起来。

"没什么，只是想上厕所了。"她说。

"好，我们去吧，我也想上厕所。"

当她又回去躺在姐姐和妈妈旁边时，她感到很困惑。不管她第一次戴耳环以后发生了什么事，这一次戴上什么事都没发生。这是怎么回事啊？可能这些事从来没发生过。她开始努力地回想上次戴上耳环以后的情形。她真的经历过昨天的事吗？昨天在厨房里，当她戴上耳环的时候，到底发生了什么事？可是她能确定，这些事确实发生了。她经历的、目睹的一切不可能是一场梦。当她躺在床上想这些事情的时候，她把手伸进了口袋，拿出了刚才去厕

所时放进口袋里的耳环。她在想:"我如果现在戴上会发生什么事呢?"可是如果她现在起来再去厨房的话,她就再也没有其他借口了。她看了看妈妈,妈妈睡得很香,她的姐姐也是。她拿着耳环又穿过了耳洞。她等着等着,刚过了一会儿,就睡着了。

第 17 章
两位妈妈

第17章 两位妈妈

早上醒来的时候,她看见就自己一个人,而且并没有变小,然后听到厨房传来了一些声音。她又在床上躺了一会儿,摸了摸耳朵,耳环还在,这就说明耳环再也不会让她变小了。

"起来了吗,亲爱的?"

她的妈妈在厨房喊她。

"我醒了。"她一边说,一边打哈欠。

"那就起床吧。杂货店老板肯定想你了。"

"好的。"她坐在床边,看着地毯和沙发,所有被子、床单都堆在那儿,枕头扔得到处都是。睡衣和外套也在那儿,乱七八糟的。妈妈一会儿就会过来收拾的。她看了看地毯,看到了昨天她放在床垫上的橡子。她起身,摘下了耳环,放在口袋里。然后捡起了橡子,放在了另一个口袋里。

"你起来了吗,亲爱的?"

叶利夫没有说话。

妈妈走进屋子问:"我的小女儿哪儿去了?"

当她妈妈正打算出去时,叶利夫从被子里面钻了出来。

"我开玩笑的。"叶利夫说。

"好了,去买些面包,再买些糖,家里没糖了。"

叶利夫在去杂货店的路上,想着为什么耳环失去了魔力。可是她也不能告诉大家发生了什么事。她如果和别人说的话,也没办法证明这是真的。在杂货店还有个大惊喜等着她。

"叶利夫,最近过得怎么样?"是吉泽姆的妈妈。

"我很好,你呢?"叶利夫问。

"亲爱的,我很好,就是吉泽姆病了。"

"啊,您一定要替我向她问好。"

"你知道吗?我还在想我怎么才能找到你,我都不知道你家在哪儿。"

第17章 两位妈妈

"我家在那两棵树的旁边。"

"叶利夫,我想让你去我家待一会儿,我去和你妈妈说,你妈妈会答应吗?吉泽姆总是哭,说很想见你,如果你能去看看她,她可能会好一点儿。你觉得呢?如果你妈妈想一起来的话,也可以一起,我也能见见她,对吧?"

叶利夫不知道该说什么。

"叶利夫,去吧,带这位夫人去你家吧。"老板马哈默特说。

"好吧。"叶利夫说,因为她也想再见到吉泽姆。

叶利夫的妈妈打了招呼,把吉泽姆妈妈请进了屋里。吉泽姆的妈妈说她刚才是去商店买东西,把吉泽姆一个人留在了家里,所以得赶快回去。

"好的,我们一会儿就去。"叶利夫的妈妈说,"叶利夫知道你家住哪儿,那天她在你家待了一晚上,对吧?"

叶利夫刚要担心自己的谎言被发现,但是她意识到吉泽姆的妈妈好像压根没听到妈妈最后说的话。她松了一口气。

吉泽姆妈妈说:"那我先回去了,一会儿见。"她一边往外走,一边对叶利夫妈妈说。

第 18 章
白血病

吉泽姆的妈妈打开了门。

"欢迎,进来吧。"她们进了叶利夫睡觉的屋子,猫在床边卧着,看到叶利夫走进来的时候,猫睁着一双充满恶意的眼睛盯着她。

"吉泽姆?"

吉泽姆睁开了眼睛,看到叶利夫来看她,开心地笑了,然后坐了起来。

"别起来了,躺着吧,你不是病了吗?"她的妈妈说。

吉泽姆看起来一点儿都不像病了的样子。即使她病了,看见叶利夫也好多了。

妈妈们坐在桌子旁喝茶,吉泽姆给叶利夫看了看她妈妈给布娃娃艾莎做的新衣服。

聊了一个小时后,叶利夫的妈妈喊叶利夫回家。"好了,宝贝,我们该走了。"

"你要是想的话,就留在这儿吧!"

第18章 白血病

"我该走了,我下午有事要做,我走之前家里的活儿还没干完。你知道前两天我们家里进小偷了吗?"

"真的吗?什么时候?"

"就在前天,他们偷走了电视机,当然,我们家也没有什么别的东西可以偷。"

"小偷真可恶。"

"谢谢你。电视机是我们唯一的消遣,晚上我们都会看几个电视节目,但现在家里一点儿生机都没有了。幸好我们家里孩子多,还热闹一些。"

当她刚要站起来离开的时候,吉泽姆的妈妈趴在桌子上哭了起来。叶利夫的妈妈很担心。

"怎么了?"

吉泽姆的妈妈痛苦地抽泣着,叶利夫的妈妈非常担心,不知道发生了什么事。

"是因为我说错什么了吗?"

"不,没有,你没有说错什么。你怎么会知道呢?不会知道的。"

"我不知道什么?"

叶利夫的妈妈开始回想她刚才说的话,"没有生机的家,孩子们……"

吉泽姆的妈妈站起来,走到孩子们待着的屋子门口。

"你是对的。"她悄悄地说,"你说得对,没有孩子们,这个家一点儿生机都没有。"

然后她又哭了,叶利夫的妈妈从桌子边拿了条湿毛巾,然后拥抱了一下吉泽姆的妈妈,给她擦了擦眼泪。

"能告诉我发生了什么事吗?我们不是邻居吗?"

叶利夫的妈妈等吉泽姆的妈妈平静下来。然后吉泽姆的妈妈看着她,把湿毛巾放在桌子上,无奈地笑了笑。

"吉泽姆患了白血病,不久就要离开我们了。"

第18章 白血病

第 19 章
善良的一家

"他们现在急需很多钱。"叶利夫的妈妈晚上吃饭的时候,告诉了她的孩子们白天发生的事,"医生说只有骨髓移植才能救她的命。"

"她有爸爸吗?"

"有,她爸爸是出租车司机,有时候为了挣点外快,也干点儿别的。"

"那他为什么不把出租车卖了呢?"泽伊纳普问。

"他没有出租车。"妈妈说,"他用的是别人的出租车,即使他有,现在卖车也没那么容易,想想看,那可是他唯一的收入来源。"

"您说得对。"泽伊纳普说。

艾米妮叹了口气说:"真是个可怜的小女孩。"

"可怜的妈妈!"那吉尔说,"太惨了,今天晚上叶利夫要在她家过夜吗?"

"对。我看到她们玩得那么开心,就说明天早上再去接她。她说她自己可以回来。"

"叶利夫不会被传染吧?"艾米妮开玩笑地说。

"那又不是传染病,你傻不傻啊?"那吉尔说。

艾米妮这下就放心了。"他们万一凑不够那笔钱怎么办啊?"

妈妈听到后低下了头。

"说到这个,连我们都很难受,就更别提他们家人了。希望上天能保佑她吧!"

全家陷入了一阵沉默。

"我真希望我有那么多钱。"泽伊纳普说,"如果我真有那么多钱,我肯定毫不犹豫地都拿出来给他们。"

"我也是。"那吉尔说。

"我也是,马上会拿出这笔钱。"

她们的妈妈说:"我知道,可爱的孩子们,我知道你们会的。有些人,像你们一样,都是好心肠。

可有一些有钱人却没有这么好的心肠。不幸的是，有钱和好心肠总不能同时具备。如果我们有能力，我们肯定会全力帮助他们一家子，这一点我根本不会怀疑。例如我的小女儿叶利夫，她正在尽力陪着那个小女孩，逗她开心，虽然她一点儿都不知道吉泽姆得了什么病。"

第19章 善良的一家

第 20 章

一个爱女儿的爸爸

第 20 章 一个爱女儿的爸爸

叶利夫和吉泽姆一遍遍地给艾莎脱衣服，穿衣服。实际上，叶利夫早就不想玩了，但是比她小一点儿的吉泽姆正玩得不亦乐乎，她正在很认真地和她的布娃娃玩，就像是布娃娃的妈妈。她都没注意到爸爸已经从外面回来了，这会儿正看着她们。叶利夫只好拍了拍她。

"我女儿今天感觉怎么样？"他对吉泽姆说。然后他转向了叶利夫，"有你在这儿真好。"

"谢谢您留我在这儿。"叶利夫说。

"你叫什么名字啊？"

"我叫叶利夫。"

"你们在玩过家家吗？"

"是的。"叶利夫回答说。

"爸爸，您看，这是艾莎的床。"

这个男人环顾了一下四周，问道"另一个布娃娃呢？那个会睁眼睛和闭眼睛的布娃娃呢？"

叶利夫把头扭到了一边,感到很紧张。她今天没穿那天晚上穿的衣服。可是万一他认出自己怎么办?我太傻了,她在想,他不可能认出自己的。

"是一个长得像你一样的布娃娃。"男人对叶利夫说。

"猫把布娃娃叼走了。"吉泽姆对她爸爸说。

"猫叼走了?"

"是的,猫叼走了,叼到了别的什么地方。妈妈找了,没找到。"

男人走进屋子,脱下外套,放在床上。然后躺到了靠近吉泽姆的地上。

"可能猫觉得那是只老鼠。"他一边说,一边拍着吉泽姆的后背。吉泽姆笑了。

吉泽姆的妈妈刚好听到了他们说什么。

"我找遍了整个院子,但是怎么也找不到。"她对丈夫说,"我明天再找找吧。"

"好的,晚饭做好了吗?我一会儿还有事。不能迟到。"

"你先去桌子那边吃吧,快好了。"吉泽姆的妈妈说。

"孩子们吃了吗?"

"吃了,刚才就吃了,就我们两个没吃了。"

男人站起来离开了屋子,他们在餐桌前说了好一会儿话。叶利夫偶然听到了一些。吉泽姆的妈妈正在谈论她们。

"一个很好的人,苏娜夫人。是她让叶利夫留在这儿的。"

"世界上还是有好人的,"男人又说,"我找了个搬运工的活儿,他们正在换办公室。我负责给他们搬。"

"晚上吗?"

"对,他们想晚上搬。你先去睡吧,不用等我。"

当然了,叶利夫知道他说的搬运工的活儿是什么意思。

"小艾莎困了。"吉泽姆说。

"真的吗?我们打发她睡觉吧。"

吉泽姆说:"我想去尿尿。"

她站起来,走出了院子。

叶利夫一个人在屋子里,她对玩了好几个小时的布娃娃早就厌倦了。但是,她还是喜欢和吉泽姆待着。她靠在床上,那个男人放在床上的外套从床上滑了下来,掉在了地上。她把它捡起来放在床上,可是外套又掉在了地上。然后叶利夫又不厌其烦地捡了起来。她觉得有点无聊,因为吉泽姆半天都没有从厕所回来。她把手伸进了口袋。一边口袋里是橡子,另一边口袋里是耳环。她拿出了橡子,放在手里玩了一会儿后把它放在了地上。然后,从另一边口袋拿出了耳环。耳环的魔力消失了,那只耳环

不会再把她变小了。她又戴上了耳环,等吉泽姆回来。她把艾莎拿起来,又放了下来。然后她捡起了那颗被她放在地上的橡子。

奇怪的是,她又感到了一阵眩晕,就像上次一样。她急忙扔掉了橡子,然后马上就不晕了。她等了一会儿,犹豫着又捡回了橡子,然后又开始眩晕。

"都是橡子在作怪!"她小声嘀咕着,"是橡子把我变小了,并不是耳环。没有橡子,耳环根本没有什么魔力!"

她现在唯一能做的就是把橡子握在手里,她是不会丢掉橡子的。她感到一阵轻微的头晕,这时,她听到外面有脚步声,于是赶紧藏在了外套的口袋里。她找到了一个隐秘处,然后静静地待着。她已经再次变小了。

"再见亲爱的,我要去工作了。"叶利夫听到有人说话。说话的人取下叶利夫藏身的外套,一边

穿一边走了出去。叶利夫害怕地在口袋里缩成一团,她现在已经没有机会把耳环摘下来了,过不了多久她就会被发现。只要外套的主人把手伸进口袋里,她就无路可逃了。她滑到口袋底部,但是这里臭死了。叶利夫朝口袋另一端爬了过去,想找个干净点儿的地方,但是这个口袋有个洞,她走了没几步就掉进了洞里。顺着这个洞,她掉到了一个更靠近侧兜的位置。这里更危险,因为那个男人随时都有可能把手揣进侧兜里。叶利夫想到自己的哥哥们会经常把手揣到这个地方,也意识到了这里的危险。她顺着衣服的夹层走到了夹克的后背部,夹在这个地方叶利夫连喘气都费劲。而且随着那个男人的脚步,整个衣服晃来晃去,叶利夫感觉就像晕船一样难受。

　　她尽力不左右移动,这样男人就不会感觉到她的存在了。但是,她又能在里面藏多久呢?突然叶利夫起了一身的鸡皮疙瘩,因为她想到,男人如果

一直走着还行,可是万一他坐下来呢?外套的下沿紧贴着男人的屁股,叶利夫紧张得一个劲儿出汗。她得赶紧换个地方,叶利夫想到这里,又朝侧兜爬了过去。叶利夫爬得非常慢,如果外套的主人感觉到外套里有东西在动的话就很危险了。他会以为里面有一只老鼠或者是一只大臭虫,肯定会直接把她捏碎的。叶利夫穿过侧兜,爬到了夹克前面的夹层里。她一动不动地藏在那,这样这个男人坐下来的时候就不会压着她了。一会儿等他到了目的地,脱下外套以后,她就能趁机从衣服兜里溜出去了。很快她就发现她从后面口袋转到前面口袋,是多么明智。因为外套的主人进了一辆车,直接靠在了座椅上。如果她还藏在衣服后面的话,早就被压扁了。这个男人肯定坐到了副驾驶的位置上,因为她听到左边传来了司机的声音。

"二楼。"司机说。

"二楼吗?"

"对!"

然后便是一阵沉默,一会儿男人问。

"我们先破坏掉门怎么样?"

"不行,从前门走太危险了,门上有报警器。"

"那么阳台呢?"

"我们就从阳台进去吧,院子里有个木棚。从那里爬到阳台很容易,当然也需要一些身手!"

他们再次陷入了沉默,叶利夫又紧张又害怕。如果没有发动机的声音,他们肯定会听到她的呼吸声。这两个男人会爬到阳台,进入屋里。她根本不能相信。不一会儿,车停了下来。

"我们等一会儿吧,等都静下来后再动手。"司机说。

吉泽姆的爸爸解开了外套的扣子。外套掉在了两个座位中间的地方,叶利夫掉下来的时候碰到了

车的手刹。

"啊!"叶利夫喊了一声。

"你说什么?"司机问。

吉泽姆的爸爸说:"我没说什么啊,但是我确实有些话想说。"

"是吗?"司机说,"你想说什么?"

吉泽姆的爸爸清了清嗓子。

"听着,我干这一行完全是为了筹钱给我女儿做手术。我从来没有抱怨过困难,也没有在乎过危险。我觉得你现在欠我的报酬,即使没有,请你先借给我一些,先让我女儿做手术,先救救我的女儿可以吗?我以后会再给你打工还钱的。和阿加也说说,我很需要你们的帮助。"

叶利夫通过擦着的火柴发出的光,透过外套看到司机点了一支烟。

"来一根?"

第 *20* 章 一个爱女儿的爸爸

"等会儿,我也有烟。"

男人掏了掏外面的口袋,他的手指有好几次都差点摸到叶利夫的脑袋。

"我的烟抽完了,给我一根吧。"

然后他也点了一根烟。

"我觉得阿加不会让你走的,他说他很满意你的工作,但是,你还是可以试着和他谈一谈。"

"我去哪儿找他啊?"

"我刚去车站的鱼市后面送完货,我不知道他现在在哪儿,我就见了阿加一面。"

"对了,昨天我给你的那个电视机……"

"怎么了?那电视机一点儿都不值钱。"

"对,可是……"

"可是什么?"

"那家子都是好人。"

"你这是想把电视机送回去吗?"司机笑了起

来，"商店都概不退货,偷的也一样,怎么可能送回去?"

"我不知道,我不知道。"吉泽姆的爸爸说。

第 20 章 一个爱女儿的爸爸

第 21 章
再次报警

第21章 再次报警

当吉泽姆从厕所出来，回到屋里的时候发现叶利夫不见了，她猜想叶利夫肯定在床底下藏着呢。她蹲下来，边笑着边看向床底，可是并没有看到叶利夫，这下可把吉泽姆吓坏了。"叶利夫，你在哪儿？你怎么不出来呢？"

然后她跑出了屋子。

"叶利夫！"

她的妈妈听到后问："叶利夫不在这儿吗？"于是走进屋里去找叶利夫。

"真奇怪，叶利夫走了吗？"

她看了看前门。"奇怪，她的鞋还在这儿。她不可能是光着脚离开这儿的，对吧？叶利夫！"

她惊呆了！小女孩去哪儿了？

她回到屋里，又检查了一下床底。

"叶利夫，不要逗我们了，快出来吧！"

可是，没有人回应。

可怜的女人围着屋子到处跑,大声喊着叶利夫,一遍又一遍。

然后她又跑到院子里,围着房子又转了一圈,可是叶利夫根本不在这儿。

"天啊,这个小女孩跑哪儿去了?"

找了一遍又一遍后,她决定告诉叶利夫的家人叶利夫不见了的消息。因为她的鞋还留在这儿,肯定是发生了什么不好的事情。她必须告诉她的家人。

"亲爱的,我们走。"

"去哪儿啊?"

"去叶利夫家。"

"叶利夫回家去了吗?"

"我不知道,我们去看看。"

吉泽姆穿上了鞋子,她的妈妈把叶利夫的鞋装进一个袋子里,然后赶紧去了叶利夫家。

泽伊纳普打开了门,当她听到面前的这个女人

第21章 再次报警

在问叶利夫有没有回家的时候,感到很诧异。当她知道这是吉泽姆的妈妈的时候,更惊讶了。

"是那天晚上丢失的那个小女孩吗?"当值的警察问,警察坐在桌子旁,对着面前的本子画着什么。

"是的。"苏娜夫人说。警察笑了笑。

"她一会儿就会回来的。"他说完后又低下了头。

"不是,这次和那天晚上不一样,上次她是去了邻居家。但是,现在她不见了。你看,那个邻居现在就在这儿呢,她是在邻居家丢的。"

"对,这是真的,你看,她的鞋还在这儿。"吉泽姆的妈妈拿着手里装鞋的袋子说道。

警察拿着本子,在第一行写了点东西。

"她会自己回来的。"警察重复道。

"警官,我的意思是我女儿现在丢了,鞋都没

穿。"苏娜夫人紧张地说道。

警察拿起本子，说道："你那天也是说她丢了，可是她后来自己回来了，这次也一样，肯定会自己回来的。"

"如果她没回来呢？"吉泽姆的妈妈说。

警察站起来，看了看炉子上的水壶。

"你问过邻居们了吗？"

"我们就是邻居啊！"吉泽姆的妈妈说。

警官问苏娜："你还有别的邻居吗？"

"有啊，泽菲业家。"

"你问过他们了吗？"

"没有，我们没问。"

"没有必要问，警官，叶利夫是在我家丢的。"吉泽姆的妈妈说。

警官又对叶利夫的妈妈说："先去问问泽菲业家，如果她不在那儿的话，再给我打电话。"

第 22 章
盗窃行动开始

吉泽姆的爸爸从车内储物箱里拿出一个颜料盒子，然后下了车。为了不在黑暗中暴露自己，他往脸上抹了点黑色的颜料。

然后他爬到了木棚子上面，蹲着等了一会儿。在确定里面没有人之后，他站了起来，往阳台那边走去。走的时候尽量避开了那些碎瓦片。当他快靠近阳台时，他看了一眼街边树下的车，那辆车开到了街角的垃圾桶旁边，在那里等着他。

男人在木棚上移动得很慢，所以叶利夫没有害怕。当男人往上爬的时候，外套里面的叶利夫有好几次撞到了墙上。当叶利夫感到疼的时候，她尽量忍着不喊出声音来。男人挥起双臂，一下子就抓住了阳台的边缘。然后爬上去跳到了阳台上。他静静地在那儿待了一会儿。司机告诉过他，这个房子里现在并没有人，之前只有一对夫妇住在里面，他们也没有子女，而且他们两个还经常去国外。

第 21 章 盗窃行动开始

吉泽姆的爸爸打开了阳台的门，进了房间。他每走一步都停下来看看周围有没有人。他在房子里转了一圈儿，翻遍了所有的衣橱，里面堆了满满的东西。很明显，这屋子里面值钱的东西太多了，他装了满满一大口袋。过了一会儿，他决定拿着袋子从阳台出去。他把袋子扔到木棚上，然后司机爬了上来，把袋子拿了下去。然后他们跑向汽车，快速离开了。

"怎么样？"司机问。

"满满一袋子。这家人肯定觉得他家的安全防范措施很到位，所有的珠宝都随意堆在那儿，也没有拿什么东西盖着。有一个钻石耳环，我不知道值不值钱。"

"问问阿加就知道了。"司机说。

"我们现在去哪儿？去找阿加吗？"

"不，现在先不去。我们先去一个人多的地方，万一后面有人在追我们，我们去人多的地方就会甩掉他们，我们每次都会这样。"

吉泽姆的爸爸也知道这样比较安全，可是他只想早一点儿见到阿加。

第 23 章
警察的怀疑

当得知叶利夫并不在泽菲业家时,警察开始寻找叶利夫。他们在吉泽姆家里里外外又找了一遍,甚至还问到了那只猫。

"这只猫叫什么名字?"

"曼吉。"

"什么?"

"曼吉。"

警察们对视了一下。

"这是什么名字啊,夫人?"其中一个警察问吉泽姆的妈妈,因为他也叫曼吉。

"您说什么?"

"你们竟然敢侮辱一个当值的警官……"

叶利夫的妈妈赶紧解释说,"不是,警官,我们没有对您不敬,猫的名字叫曼吉。"

"是那猫的名字吗?"

"对,猫的名字叫曼吉。"吉泽姆的妈妈说。

第23章 警察的怀疑

"就不能给猫取一个更好一点儿的名字吗？好吧，这是什么？"

"一个弹珠。"

"我知道，它怎么在这儿？"

"我也不知道，这是我女儿的一个玩具。"

"你的孩子在桌子上玩弹珠？"

"我不知道，她可能既在桌子上玩，也在地上玩。可能她先在地上玩，玩腻了就会放在桌子上。"

"或许吧。"

"你家的主人呢？"

"还在工作。"

"还在工作？"

"是的。"

"他是做什么工作的啊？"

"出租车司机。"

"司机？"

"是的,一个出租车司机。"

"他有车吗?"

"没有,他开别人的车。"

"别人的车?"

"对。"

"谁的车啊?"

"我也不太清楚。"

"他晚上工作吗?"

"不,他白天工作。"

"那为什么……"

吉泽姆的妈妈不愿意回答这些问题。

"怎么不说话?"警察问。

"我刚才没听见。"

"没听到什么?"

"你刚才说的……"

"你……"

第23章 警察的怀疑

"你说什么?"

"那这是怎么回事?"

"我不知道,我不知道你说什么。"

"这有什么不好理解的?你说你的丈夫白天上班,可是现在是白天吗?你丈夫现在不在家,他去哪儿了?"

"我知道你的意思了,我丈夫有个兼职,做搬运工……"

"搬运工?"

"是的,一个办公室要搬家,他说他去帮忙。"

警官一边盯着吉泽姆妈妈的眼睛,一边思考着。

"他每天都像这样工作吗?"

"是的,几乎每天晚上。"

"几乎……"

"是的,每天晚上。"

"在同一个地方吗?"

"什么意思?"

"我是说他每天都在同一个地方工作吗?"

"不是,能找到什么工作就干什么工作。有时候做搬运工,有时候做油漆工。"

"油漆工?"

"对,他找到什么工作就干什么工作。"

"他干过油漆工?"

"是的。"

"他回来的时候,衣服和身上有油漆吗?"

"没有,他身上没有油漆。"

"没有吗?"

"没有。"

警察没有再继续问下去,他走了出去,对着对讲机说了半天。然后把对讲机给了叶利夫的妈妈。

"描述一下你的女儿,越详细越好。"他说。

叶利夫的妈妈告诉了警察关于叶利夫的一切,

她的眼睛、睫毛、身高、头发的颜色、衣服、笑容和她说话的语气。

第 23 章 警察的怀疑

第 24 章

饭店惊魂

第24章 饭店惊魂

"我要一碗牛肚汤。"司机说。吉泽姆的爸爸也喝了一碗牛肚汤。他们现在在一家饭馆里,叶利夫根本忍不了这样的味道,而且里面又特别热。吉泽姆的爸爸脱下了外套,把它挂在了椅子后背,然后去卫生间洗脸上的颜料。

叶利夫再也忍受不了了,她必须想个办法从这儿逃出去,不是因为里面又热又难闻,而是因为她不想听天由命,听凭运气。

吉泽姆的爸爸随时都可能觉察到她的存在。她开始从口袋里往外爬。一会儿他回来的时候,肯定会坐下,靠着椅背,这样她就惨了。她越想越害怕,于是赶紧往外爬。她爬到了口袋的接缝处,然后看到了口袋的那个洞。她先把头伸出去,然后是身体,她现在已经到了口袋里。为了不再次掉到洞里,她这次每走一步都特别小心。她单脚跳了一下,然后跳到了口袋边缘。她站起来,现在已经出来了。她

刚出来,就看到了那个汗流浃背的男人正朝她走来,可是她已经来不及躲了。然而吉泽姆的爸爸并没有看见她,他抓着椅子往前一拽,拽到桌子边,坐了下来,然后靠在了他的外套上。这段时间足够叶利夫从椅子上逃下来了。在椅子下面,她唯一能看到的就是那些桌椅下面的无数条腿和无数只鞋。那些鞋太危险了,这些人会到处移动他们的脚,可是对叶利夫来说最大的威胁却是那些服务员。

她藏在一张破烂的餐巾纸下面,慢慢地往前移动。她每走一步,就看看周围,然后再接着走。

她往桌子边走过去,桌子上堆满了碗、餐巾纸袋子、大的面包盒子和许多刀叉。她尽量靠着桌子走,这样就不会被别人的脚踩扁。

最后,她终于走到了她想到的地方,她一直听着电视里足球比赛的体育新闻播报。只要有人进球得分,讲解员的声音就会变高,语速也会变快。这

第24章 饭店惊魂

期间，所有人都会沉浸在电视里面，就会忘了眼前的汤。这些进球的时刻，对于叶利夫来讲是很好的机会。

就是现在，整个饭店的人都在捶胸顿足。大家都大声喊着，刚才那个球真不应该丢。

叶利夫把握时机，当大家都在关注着球赛的时候，她趁机拿下了耳环。收款台的人注意到了叶利夫，但是他丝毫没怀疑，只认为她是某一个顾客的孩子。

第 25 章
获救

第25章 获救

警察们正在主街边巡逻,当看到叶利夫的时候,他们停了下来。

"这个女孩符合那家人的描述。"其中一个警察说。

"什么描述?"另一个问道。

"你不觉得她就是那个丢了的小女孩吗?"

"不,应该不是。"另一个说。

"你为什么觉得不是呢?你看她,棕色的短头发,粉蓝相间的毛衣,而且,她没穿鞋。"

"她肯定不是,你在说什么啊?她是谁啊?"

警察们停了车,走了下来。刚开始,叶利夫看到警察们走过来,有点害怕,可是她看到警察们朝她笑,她一下子就不紧张了。

"别害怕。"其中一个警察说。

"你叫什么名字啊?"

"叶利夫。"

"是你吗？真是太巧了，我们正在找你呢！"

他们把叶利夫带到了车上。

"亲爱的叶利夫，如果你不介意的话，能看看你身上都有什么东西吗？这是一个规定。"

叶利夫困惑地说："我身上什么都没有。"

"这是什么？"警察从她的口袋里掏出了橡子问。

"这是橡子，从树上掉下来的，刚好掉到了我的头上。"

"掉到了你的头上？"

"对，就是这儿，我头上。"

警察笑了笑，把橡子装进了自己的口袋。

叶利夫想把橡子要回来，急忙说："但是……"

"别担心，亲爱的叶利夫，你等会儿可以再拿回来。"

叶利夫告诉警察，她和朋友的爸爸目睹了一场

第25章 获救

盗窃案。她说一会儿那些人会开着停在路边的一辆车去仓库。于是警察对着对讲机说了一通，让其他的警察就位。过了一会儿，吉泽姆的爸爸和司机上了车。车开始发动，警察们的车悄悄地跟在后面。他们到了鱼市。一路上，叶利夫告诉警察，吉泽姆的爸爸是个好人，他假装他也是个小偷，然后混到他们里面，以便了解线索。她还告诉警察，吉泽姆有个布娃娃，叫小艾莎。吉泽姆家的猫总是吓唬她。她还告诉他们，吉泽姆家的地上有个弹珠，碰到了猫吃饭的碗。又提到了杂货店老板马哈默特，总称她是小公主，还时不时地给她口香糖吃。当她刚准备告诉他们关于艾伊藤夫人送给她的玩具床时，警察们已经厌烦了，然后说道，"你能歇会儿吗？亲爱的叶利夫，你看，那边的车会来接你，然后带你回家。"叶利夫赶紧闭上了嘴。

叶利夫被带到了附近的一个警察局，警察已通

知她的家人来接她。她详细地把事情经过讲了一遍。其中一个警察把叶利夫说的话都写了下来。

"好了,你现在可以回家了。"他们说。

全家人都开开心心地离开了警察局。他们别提有多开心了。忽然,叶利夫想起了什么,转身跑了回去。她一边跑一边喊:"我一会儿就回来。"然后跑回了警察局。有一个警察站在台阶上拦住了她。

"叶利夫,怎么了?"

"我的橡子。"

"你的橡子?"

"对,掉在我头上的那个橡子。"

他们又进了警察局。

"橡子吗?我早就扔了。"警察说。

"真的吗?"她急得快哭出来了,可是警察一点儿都没有发觉。

"亲爱的,那对你很重要吗?树上面还有很多,

第25章 获救

如果你想要的话,我明天给你摘50个。"

"我不要,那些和我的不一样。"她颤抖着说。

警察笑了笑。

"对,不一样。好了,现在回家吧,我现在忙着呢。"

叶利夫怎么能告诉他们那不是一颗普通的橡子呢。她走出去,拉着妈妈的手,回家了。

阿加在干了一大票以后,和他的同伙一起都被捕了。吉泽姆的爸爸因为帮助警察查获了近几个月一直猖狂作案的盗窃团伙,被政府给予了奖赏。罪犯里有人告诉警察,吉泽姆的爸爸也是他们中的一个。可是,有什么理由怪罪这个可怜的男人呢?这个男人帮助警察一举拿获了这些罪犯,还找到了堆满赃物的仓库。那些失窃的人家也因此拿回了他们丢失的东西。叶利夫家的电视机也找了回来。

第 26 章
道谢

第26章 道谢

叶利夫打开了门，吉泽姆的爸爸站在她面前。

"叶利夫，你最近怎么样啊？"他问。

"我很好，谢谢。"叶利夫说。

"吉泽姆向你问好。"

叶利夫的妈妈走到门前。

"进来坐会儿吧。"她说。

"不了，我来这儿是去律师那里做个笔录，一会儿就回去了。"

"吉泽姆现在怎么样啊？"叶利夫的妈妈问。

"挺好的，手术也非常成功，马上就可以出院了。出院以后你就可以去看她了。"

"我们肯定会去的。替我们向她问好。"

男人在那儿站了一会儿。

"我有个东西要给你。"他对叶利夫说。他把手伸到叶利夫前面，手里拿着一个大礼物盒子。叶利夫拆开一看，是一个漂亮的玩具床，比原来那个

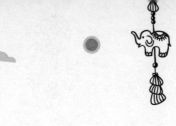

好看多了。"

叶利夫把她的布娃娃放了进去。

"吉泽姆拿了你的玩具床,这个送给你了。"

"你如果想的话,也可以睡在里面!"吉泽姆的爸爸说着朝叶利夫眨了眨眼睛;然后道别离开了。

叶利夫的妈妈靠在门边看着叶利夫。

"他说你也可以睡在里面是什么意思啊?还有他为什么要朝你眨眼睛?"

"没什么。"叶利夫笑着说,"妈妈,你以后就知道了!"